Njeriu i Zi

Njeriu i Zi

ALDIVAN TORRES

EMILY CRAVALHO

Canary Of Joy

Contents

1   1

1

"Njeriu i Zi"
Aldivan Torres
Emili Andrade Cravalho
NJERIU I ZI

Nga: Aldivan Torres
Emily Andrade Cravalho
2020- Emily Andrade Cravalho
Të gjitha të drejtat e rezervuara
Seri: Motrat perverse

_Aldivan Teixeira Torres, e lindur në Brazil, është një artiste letrare. Premtimet me shkrimet e tij për të kënaqur publikun dhe për ta çuar atë në kënaqësitë e kënaqësisë. Në fund të fundit, seksi është një nga gjërat më të mira që ekziston.

Dedikim dhe falënderim

Ia dedikoj këtë seri erotike të gjithë të dashuruarve dhe perversëve seksi si unë. Shpresoj të përmbush pritjet e të gjithë mendjeve të çmendura. E filloj këtë punë këtu me bindjen se Amelinha, Belinha dhe miqtë e tyre do të bëjnë historinë. Pa u bërë më tepër, një përqafim i ngrohtë për lexuesit e mi.

Lexim i mirë dhe shumë argëtim.

Me përzemërsi, autori.

Prezantimi

Amelinha dhe Belinha janë dy motra të lindura dhe të rritura në brendësi të Pernambuco. Vajzat e baballarëve bujq e dinin që herët se si t'i përballnin vështirësitë e ashpra të jetës së vendit me një buzëqeshje në fytyrë. Me këtë, ata po mbërrinin në pushtimet e tyre personale. I pari është një auditorë i financave publike dhe tjetri, më pak inteligjent, është një mësues komunal i arsimit bazë në Arcoverde.

Edhe pse janë të lumtur profesionalisht, të dy kanë një problem serioz kronik në lidhje me marrëdhëniet sepse kurrë nuk e gjetën princin e tyre simpatik, që është ëndrra e çdo gruaje. Më e madhja, Belinha, erdhi të jetonte me një burrë për pak kohë. Megjithatë, i tradhtuar ajo që gjen eronte në zemrën e saj të vogël trauma të pariparueshme. Ajo u detyrua të largohej dhe i premtoi vetes se nuk do të vuante më për shkak të një burri. Amelinha, e shkreta, ajo as që mund të martohet. Kush do të martohet me Amelinha? Ajo është një Kafe e pashme, e dobët, me lartësi mesatare, sy ngjyrë mjalti, prapanicë mesatar, gjoks si shalqi, gjoks i përcaktuar përtej një buzëqeshjeje magjepsëse. Askush nuk e di se cili është problemi i saj i vërtetë, ose më mirë të dyja.

Në lidhje me marrëdhënien e tyre ndër personalë, ata janë shumë afër të ndajnë sekrete mes tyre. Meqë Belinha i tradhtuar nga një mashtruese, Amelinha mori dhimbjet e motrës së saj dhe gjithashtu u nis për të luajtur me burrat. Të dy u bënë një dyshe dinamike e njohur si "Motrat Perverse". Pavarësisht nga kjo, burrat e duan të jenë lodrat e tyre. Kjo sepse nuk ka asgjë më të mirë se të duash Belinha dhe

Amelinha edhe për një moment. A mund t'i njohim historitë e tyre së bashku?

Njeriu i zi

Amelinha dhe Belinha si dhe profesionistë dhe të dashuruar të mëdhenj, janë femra të bukura dhe të pasura të integruara në rrjetet sociale. Përveç vetë seksit, ata përpiqen edhe të bëjnë miq.

Një herë, një burrë hyri në bisedën virtuale. Pseudonimi i tij ishte "Njeriu i Zi". Në këtë moment, ajo shpejt u dridh ngaqë i donte njerëzit e zinj. Legjenda thotë se ata kanë një bukuri të padiskutueshëm.

- Përshëndetje, e bukur! - Ti e quajte njeriun e bekuar zezak.

- Përshëndetje, në rregull? - Iu përgjigj Belinha intriguese.

- Të gjitha të mrekullueshme. Kamë një natë të mirë!

- Natën e mirë. I dua zezakët!

- Kjo më preku thellë tani! Por, a ka ndonjë arsye të veçantë për këtë? Si e ke emrin?

- E pra, arsyeja është motra ime dhe unë si burrat, nëse ju e dini se çfarë dua të them. Për sa i përket emrit, edhe pse ky është një mjedis shumë privat, unë nuk kam asgjë për të fshehur. Quhem Belinha. Më vjen mirë që u njohëm.

- Kënaqësia është e gjitha e imja. Emri im është Flavius, dhe unë jam shumë i mirë!

- U ndjeva e patundur në fjalët e tij. Do të thuash që intuita ime është e drejtë?

- Nuk mund t'i përgjigjem tani sepse kjo do t'i jepte fund gjithë misterit. Si quhet motra jote?

- Quhet Amelinha.

- Amelinha! Emër i bukur! A mund ta përshkruash veten fizikisht?

- Unë jam bionde, e gjatë, e fortë, flokë të gjatë, prapanicë e madhe, gjoks mesatar, dhe kam një trup skulpturor. Po ti?

- Ngjyrë e zezë, 1 metër e tetëdhjetë centimetra e lartë, e fortë, me pika, krahë dhe këmbë të trasha, të rregulla, flokë të ndezur dhe fytyra të përcaktuara.

- Ti më ndez!

- Mos u shqetëso për këtë. Kush më njeh mua, nuk harron kurrë.

- Do të më çmendësh tani?

- Më vjen keq për këtë, zemër! Është vetëm për t'i shtuar pak bukuri bisedës sonë.

- Sa vjeç je?

- 25 vjet dhe jotja?

- Unë jam tridhjetë e tetë vjeç dhe motra ime tridhjetë e katër. Pavarësisht diferencës së moshës, jemi shumë afër. Në fëmijëri, u bashkuam për të kapërcyer vështirësitë. Kur ishim adoleshentë, i ndajmë ëndrrat tona. Dhe tani, në moshën e rritur, kemi të njëjtat arritje dhe zhgënjime. Nuk mund të jetoj pa të.

- Shkëlqyeshëm! Kjo ndjenjë e jotja është shumë e bukur. Po marr dëshirën për t'ju takuar të dyve. Është po aq e keqe sa ti?

- Në një mënyrë të mirë, ajo është më e mira në atë që bën. Shumë i zgjuar, i bukur dhe i sjellshëm. Avantazhi im është se jam më i zgjuar.

- Por nuk shoh ndonjë problem në këtë. Më pëlqejnë të dyja.

- Të pëlqen vërtet? E di, Amelinha është një grua e veçantë. Jo sepse ajo është motra ime, por sepse ajo ka një zemër gjigande. Më vjen pak keq për të, sepse ajo kurrë nuk është bërë dhëndër. E di që ëndrra e saj është të martohet. Ajo u bashkua me mua në një kryengritje, sepse më tradhtoi shoku im. Që atëherë, kërkojmë vetëm marrëdhënie të shpejta.

- E kuptoj fare. Edhe unë jam pervers. Megjithatë, nuk kam asnjë arsye të veçantë. Dua vetëm të kënaqem me rininë time. Dukesh si njerëz të mëdhenj.

- Faleminderit shumë. A jeni me të vërtetë nga Arcoverde?

- Po, jam nga qendra. Po ti?

- Nga lagjja shpresoj.

- Shkëlqyeshëm. Jeton vetëm?

- Po. Afër stacionit të autobusit.

- A mund të vizitosh një burrë sot?- Do të na pëlqente shumë. Por duhet t'i përballosh të dyja. Në rregull?

- Mos u shqetëso, e dashur. Mund të përballoj deri në tre.

- Ah, po! E vërtetë!

- Unë do të jem atje. Mund ta shpjegosh vendndodhjen?

- Po. Do të jetë kënaqësia ime.

- E di ku është. Po vij atje lart!

Zezaku u largua nga dhoma dhe Belinha gjithashtu. Ajo përfitoi prej saj dhe u transferua në kuzhinë ku u takua me motrën e saj. Amelinha po lante pjatat e pista për darkë.

- Natën e mirë për ty, Amelinha. Ju nuk do të besoni. Gjeje kush po vjen?

- Nuk e kam idenë, motër. Kush?

- Flavius. E takova në dhomën virtuale të bisedave. Ai do të jetë argëtimi ynë sot.

- Si duket ai?

- Është Njeriu i Zi. A ke ndaluar ndonjëherë dhe ke menduar se mund të jetë mirë? I shkreti nuk e di se çfarë jemi në gjendje të bëjmë!

- Vërtet është, motër! Ta mbarojmë.

- Ai do të bjerë, me mua! - u përgjigj Belinha.

- Jo! Do të jetë me mua-u përgjigj Amelinha.

— Një gjë është e sigurt: me njërin prej nesh ai do të bjerë-Belinha përfundoi.

- Është e vërtetë! Si thua të bëjmë gati gjithçka në dhomën e gjumit?

- Ide e mirë. Do të ndihmoj!

Dy kukullat e pashuar shkuan në dhomë duke lënë gjithçka të organizuar për ardhjen e mashkullit. Sapo mbarojnë, dëgjojnë zilen.

- A është ai, motër? - Pyeti Amelinha.

- Le ta kontrollojmë së bashku! - Ai e ftoi Belinën.

- Eja! Amelinha pranoi.

Hap pas hapi, dy gratë kaluan derën e dhomës së gjumit, kaluan dhomën e ngrënies dhe më pas mbërritën në dhomën e ndenjes. Ata po ecnin te dera. Kur e hapin, hasin buzëqeshjen simpatike dhe burrërisht të Flavius.

- Natën e mirë! Në rregull? Unë jam Flavius.

- Natën e mirë. Ju jeni shumë të mirëpritur. Unë jam Belinha që po të fliste në kompjuter dhe kjo vajzë e ëmbël pranë meje është motra ime.

- Gëzohem që të njoha, Flavius! - u përgjigj Amelinha.

- Gëzohem që të njoha. A mund të hyj brenda?

- Sigurisht! - Dy gratë u përgjigjën në të njëjtën kohë.

Hamshor kishte hyrje në dhomë duke vëzhguar çdo detaj të dizajnonit. Çfarë po ndodh në atë mendje të vlon? Ai u prek veçanërisht nga secili prej këtyre ekzemplarëve femra. Pas një çasti të shkurtër, ai shikoi thellë në sytë e dy kur vave duke thënë:

- A je gati për atë që kam ardhur të bëj?

- Gati-afirmuan të dashuruarit!

Treshja u ndal fort dhe ecte një rrugë të gjatë për në dhomën më të madhe të shtëpisë. Duke mbyllur derën, ata ishin të sigurt se qielli do të shkonte në ferr për pak sekonda. Gjithçka ishte perfektë: Rregullimi i peshqirit, lodrat e seksit, film pornografik që luante në televizionin e tavanit dhe muzika romantike e gjallë. Asgjë nuk mund ta hiqte kënaqësinë e një mbrëmjeje të madhe.

Hapi i parë është të ulesh pranë krevatit. Burri i zi filloi të hiqte rrobat e tij të dy grave. Epshi dhe etja e tyre për seks ishte aq e madhe sa që shkaktuan pak ankth tek ato zonjat e ëmbla. Ai po hiqte bluzën e tij duke treguar kraharorin dhe abdomen të punuara mirë nga stërvitjet e përditshme në palestër. Qimet e tua mesatare në të gjithë këtë rajon kanë marrë psherëtima nga vajzat. Më pas, ai hoqi pantallonat duke lejuar pamjen e të brendshmeve të tij për pasojë duke treguar volumin dhe mashkullori. Në këtë kohë, ai i lejoi ata të preknin organin, duke e bërë atë më të ngritur. Pa asnjë sekret, ai hodhi të brendshmet e tij duke treguar çdo gjë që Zoti i dha atij.

Ai ishte njëzet e dy centimetra i gjatë, katërmbëdhjetë centimetra në diametër të mjaftueshëm për t'i çmendur ata. Pa humbur kohë, ata ranë mbi të. Ata filluan me para-lojë. Ndërsa njëri gëlltiti Penisi saj në gojë, tjetri lëpinte çantat e testikuj. Në këtë operacion, kanë kaluar tre minuta. Mjaft kohë për të qenë plotësisht gati për seks.

Pastaj filloi të depërtojë në njërin dhe pastaj në tjetrin pa preferencë. Ritmi i shpeshtë i anijes shkaktoi rënkime, britma dhe orgazëm të shumta pas aktit. Ishte 30 minuta seks vaginal. Çdo gjysmë kohe. Pastaj përfunduan me seks oral dhe anal.

Zjarri

Ishte një natë e ftohtë, e errët dhe me shi në kryeqytetin e të gjithë druve të pasmë të Pernambuco. Pati momente kur erërat e përparme arritën 100 kilometra në orë duke trembur motrat e varfra Amelinha dhe Belinha. Dy motrat perverse u takuan në dhomën e ndenjes së banimit të tyre të thjeshtë në lagjen shpresoj. Pa bërë asgjë, ata folën të lumtur për gjërat e përgjithshme.

- Amelinha, si ishte dita jote në zyrën e fermës?

- E njëjta gjë e vjetër: organizova planifikimin e taksave të administratës tatimore dhe doganore, menaxhova pagesën e taksave, punova në parandalimin dhe luftimin e evazionit fiskal. Është punë e vështirë dhe e mërzitshme. Por shpërblyese dhe e paguar mirë. Po ti? Si ishte rutina jote në shkollë? - Pyeti Amelinha.

- Në klasë e kalova përmbajtjen që i drejtonte studentët në mënyrën më të mirë të mundshme. I korrigjova gabimet dhe mora dy celularë studentësh që po shqetësonin klasën. Gjithashtu, jepja mësime për sjelljen, sjelljen, dinamikën dhe këshillat e dobishme. Gjithsesi, përveç të qenit mësues, unë jam nëna e tyre. Prova e kësaj është se, gjatë një periudhe kohore, unë u infiltrova në klasën e nxënësve dhe së bashku me ta. Sipas pikëpamjes sime, shkolla është shtëpia jonë e dytë dhe ne duhet të kujdesemi për miqësitë dhe lidhjet njerëzore që kemi nga ajo-Belinha u përgjigj.

- E shkëlqyer, motra ime e vogël. Veprat tona janë të mëdha, sepse ato sigurojnë ndërtime të rëndësishme emocionale dhe ndërveprime midis njerëzve. Asnjë njeri nuk mund të jetojë në izolim, e aq më pak pa burime psikologjike dhe financiare- analizuan Amelinha.

- Jam dakord. Puna është thelbësore për ne pasi na bën të pavarur nga perandoria mbizotëruese sek siste në shoqërinë tonë-u përgjigj Belinha.

- Pikërisht. Do të vazhdojmë në vlerat dhe qëndrimet tona. Njeriu është vetëm i mirë në shtrat- vërejti Amelinha.

- Çfarë mendove për të krishterët kur flitje për njerëzit? - Belinha pyeti.

- Ai jetoi në përputhje me pritjet e mia. Pas një përvoje të tillë, instinktet e mia dhe mendja ime gjithmonë kërkojnë më shumë pakënaqësi të brendshme. Cili është mendimi yt? - Pyeti Amelinha.

- Ishte mirë, por edhe unë ndihem si ti: i paplotë. Jam i thatë nga dashuria dhe seksi. Dua gjithnjë e më shumë. Çfarë kemi për sot? - u përgjigj Belinha.

- Nuk kam ide. Nata është e ftohtë, e errët dhe e errët. E dëgjon zhurmën jashtë? Ka shumë shi, erëra të forta, rrufe dhe bubullima. Jam i frikësuar! - u përgjigj Amelinha.

- Edhe unë! - Belinha rrëfeu.

Në këtë moment, një rrufe e rrufeshme dëgjohet në të gjithë Arcoverde. Amelinha hidhet në prehrin e Belinha i cili ulërin nga dhimbja dhe dëshpërimi . Në të njëjtën kohë, elektriciteti mungon, duke i bërë ata të dy të dëshpëruar.

- Po tani? Çfarë do të bëjmë ne Belinha? - Pyeti Amelinha.

- Largohu nga unë, bushtër! Do marr qirinjtë! - u përgjigj Belinha.Belinha e shtyu me butësi motrën e saj në anën e divanit, ndërsa rënkonte muret për të shkuar në kuzhinë. Duke qenë se shtëpia është relativisht e vogël, nuk duhet shumë kohë për të përfunduar këtë operacion. Duke përdorur takt, ai merr qirinjtë në dollap dhe i ndez ato me ndeshjet e vendosura strategjiket në majë të sobës.

Me ndriçimin e qiririt, ajo kthehet me qetësi në dhomën ku ai takohet me motrën e tij me një buzëqeshje misterioze të hapur gjerë në fytyrën e tij. Çfarë po bënte ajo?

- Mund të shfrysh, motër! E di që po mendon diçka- u përgjigj Belinha.

- Po sikur të thërrasim zjarrfikësit e qytetit që paralajmëronin për një zjarr? u përgjigj Amelinha.

- Më lër ta sqaroj këtë. Do të shpikësh një zjarr të trilluar për t'i joshur këta njerëz? Po sikur të na arrestojnë? - Belinha kishte frikë.

- Kolegu im! Jam i sigurt se ata do ta duan surprizën. Çfarë duhet të bëjnë më mirë në një natë të errët dhe të mërzitshme si kjo? - u përgjigj Amelinha.

- Ke të drejtë. Do të falënderojnë për argëtimin. Ne do të thyejmë zjarrin që na konsumon nga brenda. Tani, vjen pyetja: Kush do të ketë guximin t'i thërrasë? - pyeti Belinha.

- Jam shumë i turpshëm. Ta lë këtë detyrë, motra ime, u përgjigj Amelinha.

- Gjithmonë unë. Në rregull. Çfarëdo që të ndodhë, përfundoi Belinha.

Duke u ngritur nga divani, Belinha shkon në tavolinën në këndin ku është instaluar celulari. Ajo telefonon numrin e urgjencës së departamentit të zjarrfikësve dhe pret t'i jepet përgjigje. Pas disa të prekurve, dëgjon një zë të thellë e të fortë që flet nga ana tjetër.

- Natën e mirë. Ky është departamenti i zjarrfikësve. Çfarë dëshiron?

- Quhem Belinha. Jetoj në lagjen Shpresoj këtu në Arcoverde. Unë dhe motra ime jemi të dëshpëruar me gjithë këtë shi. Kur energjia elektrike doli këtu në shtëpinë tonë, shkaktoi një qark të shkurtër, duke filluar të vënë në zjarr objektet. Për fat të mirë, unë dhe motra ime dola jashtë. Zjarri po e merr shtëpinë ngadalë. Na duhet ndihma e zjarrfikësve- u përgjigj e shqetësuar vajza.

- Merre shtruar, miku im. Do të jemi atje së shpejti. A mund të jepni informacione të hollësishme për vendndodhjen tuaj? - E pyeta zjarrfikësin në detyrë.

- Shtëpia ime është saktësisht në rruga kryesore, shtëpia e tretë në të djathtë. A është gjithçka në rregull në këtë mënyrë?

- E di ku është. Do të jemi atje për pak minuta. Qetësohu- u përgjigj zjarrfikësi.

- Po presim. Faleminderit! - Faleminderit Belinha.

Duke u kthyer në divan me një grinte të gjerë, ata të dy i linin jastëkët dhe gërhitkëshin me argëtimin që po bënin. Megjithatë, kjo nuk është e rekomanduar për të bërë, nëse ata ishin dy prostitutë si ato.

Rreth dhjetë minuta më vonë, dëgjuan një trokitje në derë dhe shkuan t'i përgjigjeshin. Kur hapën derën, ata u përballën me tri fytyra magjike, secila me bukurinë e saj karakteristike. Njëra ishte e zezë, gjashtë metra e lartë, këmbët dhe krahët e mesëm. Një tjetër ishte i errët, një metër dhe nëntëdhjetë i gjatë, muskuli dhe skulpturor. Një e treta ishte e bardhë, e shkurtër, e hollë, por shumë e dashur. Djali i bardhë dëshiron të prezantohet:

- Tung, zonja, natën e mirë! Unë quhem Roberto. Ky njeri ngjitur quhet Mateu dhe njeriu ngjyrë kafe, Filipi. Si quheni ju dhe ku është zjarri?

- Unë jam Belinha, të fola në telefon. Kjo zeshkane këtu është motra ime Amelinha. Eja dhe do të ta shpjegoj.

- Në rregull- Ata morën tre zjarrfikësit në të njëjtën kohë.

Zjarrfikësit hyri në shtëpi dhe gjithçka dukej normale sepse energjia elektrike ishte kthyer. Ata vendosen në divan në dhomën e ndenjjes së bashku me vajzat. Dyshues, ata bëjnë bisedë.

- Zjarri ka mbaruar, apo jo? - Më pyeti Methju.

- Po. Ne tashmë e kontrollojmë atë falë një përpjekjeje të madhe- shpjegoi Amelinha.

- Keqardhje! Kam dashur të punoj. Atje në kazermë rutina është kaq monotone-u përgjigj Felipe.

- Kam një ide. Ç'të themi për të punuar në një mënyrë më të këndshme? - Belinha sugjeroi.

- Do të thuash që ti je ajo që mendoj unë? - E pyeti Felipe.

- Po. Ne jemi gra beqare që e duan kënaqësinë. Në humor për qejf? - pyeti Belinha.

- Vetëm nëse shkon tani- iu përgjigj njeriu i zi.

- Unë jam në shumë- konfirmuar njeri i erret.

- Prit për mua- Djali i bardhë është në dispozicion.

- Pra, le të- u përgjigj vajzat.

Zjarrfikës hyri në dhomë duke ndarë një krevat dyshe. Pastaj filloi orgjinë seksuale. Belinha dhe Amelinha morën radhë për të marrë pjesë në kënaqësinë e tre zjarrfikësve. Gjithçka dukej magjike dhe nuk kishte ndjenjë më të mirë se të ishe me ta. Me dhurata të ndryshme, ata përjetuan ndryshime seksuale dhe apozicionalë duke krijuar një tablo të përsosur.

Vajzat dukeshin të pangopshme në arrogancën e tyre seksuale, gjë që i çmendi ata profesionistë. Ata e përshkuan natën duke bërë seks dhe kënaqësia dukej se nuk mbaronte kurrë. Ata nuk u larguan derisa morën një telefonatë urgjente nga puna. Ata u larguan dhe shkuan t'i përgjigjeshin raportit të policisë. Megjithatë, ata nuk do ta harronin kurrë atë përvojë të mrekullueshme përkrah "Motrave perverse".

Këshillim mjekësor

Ajo u shfaq në kryeqytetin e bukur jashtë vendit. Zakonisht, dy motrat perverse zgjoheshin herët. Megjithatë, kur u çuan, nuk ndiheshin mirë. Ndërsa Amelinha vazhdonte të teshtinte, motra e saj Belinha u ndie pak e mbytur. Këto fakte ndoshta erdhën nga një natë më parë në Sheshin e Luftës së Virxhinias ku pinin, puthen në gojë dhe gërhitën në mënyrë të harmonishme në natën e qetë.

Duke qenë se nuk ndiheshin mirë dhe pa forcë për asgjë, ata uleshin në divan duke menduar misticizëm se çfarë të bënin, sepse angazhimet profesionale prisnin të zgjidheshin.

- Çfarë të bëjmë, motër? Unë jam krejtësisht pa frymë dhe i rraska-pitur- u përgjigj Belinha.

– Më trego për këtë! Kam dhimbje koke dhe po filloj të marr një virus. Jemi të humbur! - u përgjigj Amelinha.

– Por nuk mendoj se kjo është një arsye për të humbur punën! Njerëzit varen nga ne! - u përgjigj Belinha

- Qetësohu, të mos na zërë paniku! Si thua të bashkohemi me të bukurin? - Sugjeroi Amelinha.

- Mos më thuaj se po mendon se çfarë po mendoj.

- Ashtu është. Shkojmë tek doktori së bashku! Do të jetë një arsye e madhe për të humbur punën dhe kush e di se nuk ndodh ajo që duam! - u përgjigj Amelinha

- Ide e shkëlqyer! Pra, çfarë po presim? Të përgatitemi! - pyeti Be-linha.

- Eja! - Amelinha pranoi.

Të dy shkuan në rrethet përkatëse. Ata ishin shumë të emocionuar për vendimin; Ata as nuk duken të sëmurë. Ishte e gjitha vetëm shpikja e tyre? Më fal, lexues, të mos mendojmë keq për miqtë tanë të dashur.

Përkundrazi, do t'i shoqërojmë në këtë kapitull të ri emocionues të jetës së tyre.

Në dhomën e gjumit, lahen në suitat e tyre, vishnin rroba dhe këpucë të reja, krehën flokët e tyre të gjatë, vishnin një parfum francez dhe pastaj shkonin në kuzhinë. Atje thyen vezët dhe djathin duke mbushur dy bukë dhe hëngrën me një lëng të ftohtë. Gjithçka ishte shumë e shijshme. Megjithatë, nuk dukej se e ndienin, sepse ankthi dhe nervozizmi para emërimit të mjekut ishin gjigandë.

Me çdo gjë gati, ata u larguan nga kuzhina për të dalë nga shtëpia. Me çdo hap që bënë, zemrat e tyre të vogla u përzjenë nga ndjenja e të menduarit në një përvojë krejt të re. Të bekuar qoftë ata të gjithë! Optimizmi i zuri dhe ishte diçka që duhej ndjekur nga të tjerët!

Në anën e jashtme të shtëpisë, ata shkojnë në garazh. Duke hapur derën në dy përpjekje, ata qëndrojnë para makinës modeste të kuqe. Pavarësisht shijes së tyre të mirë në makina, ata preferonin të popullarizuarat tek klasikët nga frika e dhunës së përbashkët të pranishme në pothuajse të gjitha rajonet braziliane.

Pa vonesë, vajzat hyjnë në makinë duke dhënë daljen butësisht dhe më pas njëra prej tyre mbyll garazhin duke u kthyer në makinë menjëherë pas. Kush nget makinën është Amelinha me përvojë tashmë dhjetë vjet. Belinha nuk lejohet ende të ngasë makinën.

Rruga shumë e shkurtër midis shtëpisë së tyre dhe spitalit bëhet me siguri, harmoni dhe qetësi. Në atë moment, ata kishin ndjenjën e rreme se mund të bënin gjithçka. Në mënyrë kontradiktore, ata kishin frikë nga dinakëri dhe liria e tij. Ata vetë u habitën nga veprimet e marra. Nuk ishte për asgjë më pak se ata u quajtën bastardë të mirë!

Kur arritëm në spital, ata caktuan takimin dhe pritën të thirren. Në këtë interval kohe, ata përfituan duke bërë një rosticeri dhe shkëmbenin mesazhe nëpërmjet aplikacionit celular me shërbëtorët e tyre të dashur seksualë. Më cinike dhe më të gëzuara se këto, ishte e pamundur të ishte!

Pas një kohe, është radha e tyre për t'u parë. Të pandashëm, ata hyjnë në zyrën e kujdesit. Kur kjo ndodh, mjeku pothuajse ka një atak në zemër. Përballë tyre ishte një pjesë e rrallë e një burri: Një biond i gjatë, një metër dhe nëntëdhjetë centimetra i gjatë, me mjekër, flokë që formonin një bisht bishti, krahë dhe gjoks muskulor, fytyra natyrale me një vështrim engjëllor. Edhe para se të hartojnë një reagim, ai fton:

- Ulu, të dy!

- Faleminderit! - Ata thanë të dyja.

Të dy kanë kohë për të bërë një analizë të shpejtë të mjedisit: Para tryezës së shërbimit, mjeku, karrigia në të cilën ai ishte ulur dhe pas një dollapi. Në anën e djathtë, një shtrat. Në mur, pikturat ekspresionist të autorit Cândido Portinari që paraqesin njeriun nga fshatari. Atmosfera është shumë komode duke i lënë vajzat të qetë. Atmosfera e çlodhjes prishet nga aspekti formal i konsultës.

- Më tregoni se çfarë po ndieni, vajza!

Kjo tingëllonte joformale për vajzat. Sa i ëmbël ishte ai biondi! Duhet të ketë qenë e shijshme të hahet.

- Dhimbje koke, sëmundje e lehtë dhe virus! - I thashë Amelinha.

- Jam pa frymë dhe i lodhur! - Ai pretendoi Belinha.

- S'ka gjë! Më lër t'i bëj një sy! Shtrihu në shtrat! - Doktori e pyeti.

Motrat e çoroditura mezi merrnin frymë me këtë kërkesë. Profesionisti i bëri të hiqnin një pjesë të rrobave dhe i ndjente në pjesë të ndryshme të cilat shkaktonin ftohje dhe djersë të ftohta. Duke kuptuar se nuk kishte asgjë serioze me ta, shërbëtori tha me shaka:

- E gjitha duket perfektë! Nga çfarë do që ata të kenë frikë? Një injeksion në prapanicë?

- Më pëlqen! Nëse është një injeksion i madh dhe i trashë edhe më mirë! - u përgjigj Belinha.

- A do të aplikosh ngadalë, dashuri? - u përgjigj Amelinha.

- Ju jeni tashmë duke kërkuar shumë! - E vuri re klinikën.

Duke e mbyllur me kujdes derën, ai bie mbi vajzat si një kafshë e egër. Së pari, ai heq pjesën tjetër të rrobave nga trupat. Kjo ia mpreh edhe më shumë libidonë. Duke qenë krejtësisht i zhveshur, ai admiron për një çast ato krijesa skulpturore. Atëherë është radha e tij të tregojë. Ai sigurohet që ata të marrin rrobat e tyre. Kjo rrit ndërveprim dhe intimitet në mes të grupit.

Me çdo gjë gati, ata fillojnë paraprakt e seksit. Përdorimi i gjuhës në pjesë të ndjeshme si anusi, prapanicën dhe veshin biondja shkakton orgazëm kënaqësie tek të dyja femrat. Çdo gjë po shkonte mirë edhe kur dikush vazhdonte të trokiste në derë. S'ka rrugë për të dalë, ai duhet të përgjigjet. Ai ecën pak dhe hap derën. Duke bërë kështu, ai kalon me infermieren e thirrur: një mulate të hollë, me këmbë të holla dhe shumë të ulët.

- Doktor, kam një pyetje për mjekimin e pacientit: a është 5 ose 300 miligramë aspirinë? - E pyeta Roberton të tregonte një recetë.

- Pesëqind! - Konfirmoi Aleksin.

Në këtë moment, infermierja pa këmbët e vajzave të zhveshura që po përpiqeshin të fshiheshin. Qeshi brenda.

- Të tallesh pak, apo jo, Doktor? As mos i thirr miqtë e tu!

– Më falni! Do të bashkohesh me bandën?

- Do të më pëlqente shumë!

- Atëherë eja!

Të dy hynë në dhomë duke mbyllur derën pas tyre. Më shumë se shpejt, Njeriu i errët i hoqi rrobat. Krejtësisht i zhveshur, ai tregoi direk e tij të gjatë, të trashë dhe të venë si një trofe. Belinha ishte e kënaqur dhe shpejt po i jepte seks oral. Aleksi gjithashtu kërkoi që Amelinha të bënte të njëjtën gjë me të. Pas gojores, filluan anale. Në këtë pjesë, Belinha e kishte shumë të vështirë të mbante pallë përbindëshin e infermieres. Por sapo hyri në vrimë, kënaqësia e tyre ishte e madhe. Nga ana tjetër, ata nuk ndjenin ndonjë vështirësi, sepse penisi i tyre ishte normal.

Pastaj kishin marrëdhënie vagjinalë në pozicione të ndryshme. Lëvizja e para-mbrapa në zgavër shkaktoi halucinacione në to. Pas kësaj faze, të katër të bashkuar në një seks në grup. Ishte përvoja më e mirë në të cilën u shpenzuan energjitë e mbetura. 15 minuta më vonë, të dy u shitën. Për motrat, seksi nuk do të përfundonte kurrë, por i mirë pasi ato respektoheshin për brishtësinë e atyre burrave. Duke mos dashur të shqetësojnë punën e tyre, ata e lënë certifikatën e justifikimit të punës dhe telefonit të tyre personal. Ata u larguan plotësisht të përbërë pa ngjallur vëmendjen e askujt gjatë kalimit në spital.

Duke arritur në parking, ata hynë në makinë dhe filluan rrugën e kthyer. Të lumtur siç janë, tashmë po mendonin për ligësinë e tyre të ardhshme seksuale. Motrat perverse ishin vërtet diçka!

Testi i konkurrimit

U bë kohë. Për rreth dy muaj, motrat perverse po i kushtoheshin garës sipas kohës që kishte në dispozicion. Çdo ditë që shkonin, ata ishin më të përgatitur për çdo gjë që vinte e shkonte. Në të njëjtën kohë, pati edhe marrëdhënie seksuale dhe në këto momente ato u çliruan.

Më në fund erdhi dita e provës. Duke u larguar herët nga kryeqyteti i hinterlandit, dy motrat filluan të ecnin në autostradën BR 232 me një rrugë të përgjithshme prej 250 km. Gjatë rrugës, ata kaluan nga pikat kryesore të brendshme të shtetit: Pesqueira, Belo Jardim, São Caetano, Caruaru, Gravatá, Bezerros dhe Vitória de Santo Antão. Secili nga këto qytete kishte një histori për të treguar dhe nga përvoja e tyre e thithën plotësisht. Sa mirë ishte të shihje malet, pyllin e Atlantikut, fermat, fshatrat, qytetet e vogla dhe të shisje ajrin e pastër që vinte nga pyjet. Pernambuco ishte një shtet vërtet i mrekullueshëm!

Duke hyrë në perimetrin urban të kryeqytetit, ata festojnë realizimin e mirë të Udhëtimit. Merrni rrugën kryesore për në udhëtimin e mirë të lagjes ku ata do të kryejnë provën. Gjatë rrugës, ata përballen me trafik të ngarkuar, indiferencë nga të huajt, ajër të ndotur dhe mungesë drejtimi. Por më në fund ia donë. Ata hyjnë në ndërtesën përkatëse, identifikohen dhe fillojnë testin që do të zgjaste dy periudha. Gjatë pjesës së parë të provës, ata janë plotësisht të përqendruar në sfidën e pyetjeve të zgjedhjes së shumëfishtë. E përpunuar mirë nga banka përgjegjëse për veprimtarinë, nxiti përpunimet më të ndryshme të dyve. Sipas tyre, ata po bënin mirë. Kur bënë pushimin, ata dolën për drekë dhe një lëng në një restorant para ndërtesës. Këto momente ishin të rëndësishme për ta që të ruanin besimin, marrëdhënien dhe miqësinë e tyre.

Pas kësaj, ata u kthyen në vendin e provës. Pastaj filloi periudha e dytë e ngjarjes me çështje që kanë të bëjnë me disiplina të tjera. Edhe pa mbajtur të njëjtin ritëm, ata ishin ende shumë perceptues në përgjigjen e tyre. Ata provuan në këtë mënyrë se mënyra më e mirë për të kaluar konkurset është duke iu përkushtuar shumë studimeve. Pak kohë më vonë, ata i dha fund pjesës së tyre të sigurt. Ata dorëzuan provat, u kthyen në makinë, duke lëvizur drejt plazhit të ndodhur aty pranë.

Rrugës, ata luajtën, ndezën zërin, komentoi garën dhe avancoi në rrugët e Recife duke parë rrugët e ndriçuara të kryeqytetit, sepse ishte pothuajse natë. Ata mrekullohen nga spektakli që shihet. Nuk është çudi që qyteti njihet si "Kryeqyteti i tropikëve". Dielli perëndon duke i dhënë mjedisit një pamje edhe më madhështore. Sa mirë që isha atje në atë moment!

Kur arritën në pikën e re, iu afruan brigjeve të detit dhe pastaj u nisën në ujërat e tij të ftohta e të qeta. Ndjenja e provokuar është e ekstaza e gëzimit, e kënaqësisë, e kënaqësisë dhe e paqes. Duke humbur kohën, notojnë derisa të lodhen. Pas kësaj, ata shtrihen në plazh nën dritën e yjeve pa asnjë frikë ose shqetësim. Magjia i zuri ata në mënyrë të shkëlqyer. Një fjalë për t'u përdorur në këtë rast ishte " I pamatshëm ".

Në një moment, me plazhin pothuajse të shkretë, ka një qasje të dy burrave të vajzave. Ata përpiqen të qëndrojnë në këmbë dhe të vrapojnë përballë rrezikut. Por ata janë ndaluar nga krahët e fortë të djemve.

- Qetësohuni, vajza! Nuk do të lëndojmë! Kërkojmë vetëm pak vëmendje dhe përzemërsi! - Njëri prej tyre foli.

Përballë tonit të butë, vajzat qeshnin me emocione. Nëse donin seks, pse të mos i kënaqnin? Ata ishin mjeshtre në këtë art. Duke iu përgjigjur shpresave të tyre, ata u ngritën dhe i ndihmuan të hiqnin rrobat. Ata dorëzuan dy prezervativë dhe bënë një skripti. Ishte e mjaftueshme për t'i çmendur ata dy burra.

Duke rënë përtokë, ata e donin njëri-tjetrin në çift dhe lëvizjet e tyre e bënë dyshemenë të dridhej. Ata i lejuan vetes të gjitha variacionet dhe dëshirat seksuale të dyjave. Në këtë pikë të dorëzimit, atyre nuk u interesonte asgjë apo ndonjë. Për ta, ata ishin vetëm në univers në një ritual të madh dashurie pa paragjykime. Në seks, ata ishin plotësisht të ndërthurur duke prodhuar një fuqi që nuk u pa kurrë më parë. Ashtu si instrumentet, ata ishin pjesë e një force më të madhe në vazhdimin e jetës.

Vetëm lodhja i detyron të ndalojnë. Të kënaqur plotësisht, burrat u larguan dhe u larguan. Vajzat vendosin të kthehen në makinë. Ata fillojnë udhëtimin e tyre për në banesën e tyre. Ata morën me vete përvojat e tyre dhe pritnin lajme të mira për garën ku morën pjesë. Ata sigurisht meritonin fatin më të mirë në botë.

Tre orë më vonë, ata u kthyen në shtëpi në paqe. Ata falënderojnë Perëndinë për bekimet e dhënë duke shkuar në gjumë. Ditën tjetër, po prisja më shumë emocione për dy maniakët.

Kthimi i mësuesit

Agim. Dielli lind herët me rrezet e tij që kalojnë përmes çarjeve të dritares që do të kujdesen për fytyrat e fëmijëve tanë të dashur. Përveç kësaj, flladi i mirë i mëngjesit i ndihmoi të krijonin humor tek ata. Sa bukur ishte të kishim rastin e një dite tjetër me bekimin e babait. Ngadalë, të dy po çohen nga shtretërit e tyre respektove pothuajse në të njëjtën kohë. Pas larjes, takimi i tyre zhvillohet në kongjij ku përgatisin mëngjesin së bashku. Është një moment gëzimi, parashikimi dhe shpërqendrimi që ndajnë përvojat në kohë jashtëzakonisht fantastike.

Pasi mëngjesi është gati, ata mblidhen rreth tryezës të ulur rehat mbi karrige druri me një shpinë për kolonën. Ndërsa hanë, shkëmbejnë përvoja intime.

Belinha

Motra ime, çfarë ishte ajo?

Amelinha

Emocion i pastër! Më kujtohet akoma çdo detaj i trupave të atyre kretinëve të dashur!

Belinha

Edhe unë! Ndjeva një kënaqësi të madhe. Ishte pothuajse jashtë ndjeshëm.

Amelinha

E di! Le t'i bëjmë këto gjëra të çmendura më shpesh!

Belinha

Jam dakord!

Amelinha

Të pëlqeu testi?

Belinha

Më pëlqeu shumë. Po vdes të kontrolloj shkathtësia ime!

Amelinha

Edhe unë!

Sapo mbaruan së ushqyerit, vajzat morën celularin duke hyrë në internetin celular. Ata u lundrojnë në faqen e organizatës për të kontrolluar prapa veprim -un e provës. Ata e shkruanin në letër dhe shkonin në dhomë për të kontrolluar përgjigjet.

Brenda, u hodhën nga gëzimi kur panë shënimin e mirë. Kishin kaluar! Emocionet e ndiera nuk mund të frenohen tani. Pas festimit të shumë, ai ka idenë më të mirë: Ftoni Mjeshtrin Renato në mënyrë që ata të mund të festojnë suksesin e misionit. Belinha është përsëri në krye të misionit. Ajo merr telefonin e saj dhe telefonon.

Belinha

Përshëndetje?

Renato

Çakemi, je mirë? Si je, e dashur Belinha?

Belinha

Shumë mirë! Gjeje se çfarë ndodhi.

Renato

Mos më thuaj...

Belinha

Po! E kaluam garën!

Renato

Urimet e mia! A nuk të thashë?

Belinha

Dua t'ju falënderoj shumë për bashkëpunimin tuaj në çdo mënyrë. Më kupton, apo jo?

Renato

E kuptoj. Duhet të rregullojmë diçka. Në mënyrë të preferueseje në shtëpinë tënde.

Belinha

Pikërisht për këtë thirra. Mund ta bëjmë sot?

Renato

Po! Mund ta bëj sonte.

Belinha

Çudi. Ju presim në orën tetë të natës.

Renato

Në rregull. Mund ta sjell vëllain tim?

Belinha

Sigurisht!

Renato

Shihemi më vonë!

Belinha

Shihemi më vonë!

Lidhja mbaron. Duke parë motrën e saj, Belinha nxjerr një të qeshur nga lumturia. Plot kuriozitet, tjetri pyet:

Amelinha

E pastaj? A po vjen ai?

Belinha

Gjithçka në rregull! Në orën tetë sonte do të ribashkoheshim. Ai dhe vëllai i tij po vijnë! Ke menduar për orgji seksuale?

Amelinha

Më trego pak për të! Tashmë po më emocionon!

Belinha

Le të ketë zemër! Shpresoj të funksionoi!

Amelinha

Gjithçka është e punuar!

Të dy qeshin njëkohësisht duke e mbushur mjedisin me dridhje pozitive. Në atë moment, nuk kisha asnjë dyshim se fati po komplotonte për një natë argëtimi për atë dyshe maniak. Ata kishin arritur tashmë kaq shumë faza së bashku, sa nuk do të dobësohen tani. Prandaj, ata duhet të vazhdojnë t'i identifikojnë njerëzit si një lojë seksuale dhe pastaj t'i hedhin tej. Kjo ishte raca më e vogël që mund të bënte për të paguar vuajtjet e tyre. Në fakt, asnjë grua nuk meriton të vuajë. Ose më mirë, pothuajse çdo grua nuk meriton asnjë dhimbje.

Koha për të ardhur në punë. Duke lënë dhomën tashmë gati, dy motrat shkojnë në garazhin ku largohen me makinën e tyre private. Amelinha e çon Belinën në shkollë së pari dhe pastaj niset për në zyrën e fermës. Atje, ajo e gëzon gëzimin dhe tregon lajmin profesional. Për miratimin e konkursit, ai merr urimet e të gjithëve. E njëjta gjë i ndodh Edhe Belinha.

Më vonë, ata kthehen në shtëpi dhe takohen përsëri. Pastaj fillon përgatitja për të marrë kolegët tuaj. Dita premtoi se do të ishte edhe më e veçantë.

Pikërisht në kohën e caktuar, ata dëgjojnë trokitje në derë. Belinha, më e zgjuara prej tyre, ngrihet dhe përgjigjet. Me hapa të fortë e të sigurt ai e fut veten në derë dhe e hap ngadalë. Pas përfundimit të këtij operacioni, ai përfytyron çiftin e vëllezërve. Me një sinjal nga zonjë, ata hyjnë dhe vendosen në divan në dhomën e ndenjjes.

Renato

Ky është vëllai im. Emri i tij është Ricardo.

Belinha

Gëzohem që të njoha, Ricardo.

Amelinha

Ju jeni të mirëpritur këtu!

Ricardo

Ju falënderoj të dyve. Kënaqësia është e gjitha e imja!

Renato

Jam gati! Mund të shkojmë në dhomë?

Belinha

Hë tani!

Amelinha

Kush e merr tani?

Renato

E zgjedh vetë Belinën.

Belinha

Faleminderit, Renato, faleminderit! Jemi bashkë!

Ricardo

Do të jem i lumtur të qëndroj me Amelinha!

Amelinha

Do dridhesh!

Ricardo

Ta shohim!

Belinha

Atëherë le të fillojë festa!

Burrat i vendosën me butësi gratë në krahun që i mbanin deri në shtretërit që ndodheshin në dhomën e gjumit të një prej tyre. Duke arritur në vend, ata marrin rrobat e tyre dhe bien në mobilet e bukura duke filluar ritualin e dashurisë në disa pozicione, shkëmbejnë përkëdhelje dhe bashkëfajësi. Ngazëllimi dhe kënaqësia ishin kaq të mëdha, sa rënkimet e prodhuara mund të dëgjoheshin matanë rrugës duke skandalizuar fqinjët. Dua të them, jo aq shumë, sepse ata tashmë e dinin për famën e tyre.

Me përfundimin nga lart, të dashuruarit kthehen në kuzhinë ku pinë lëng me biskota. Ndërsa hanë, ata bisedojnë për dy orë, duke rritur ndërveprimin e grupit. Sa mirë ishte të ishe atje të mësoje për jetën dhe si të ishe i lumtur. Kënaqësia është të jesh mirë me veten dhe me botën duke pohuar përvojat dhe vlerat e saj para të tjerëve, duke mbajtur të sigurt se nuk mund të gjykohen nga të tjerët. Prandaj, maksimumi që ata besonin ishte "Secili është personi i tij".

Kur të jetë nata, ata më në fund thonë lamtumirë. Vizitorët largohen nga "Pirenejtë e dashur" edhe më euforik kur mendojnë për situata të reja. Bota vetëm vazhdoi të kthehej drejt dy të besuarve. Le të jenë me fat!

Fundi